Voces

EN EL PARQUE

Anthony Browne

LOS ESPECIALES DE
A la orilla del viento
FONDO DE CULTURA ECONÓMICA
MÉXICO

Primera edición en inglés,   1998
Primera edición en español, 1999
   Quinta reimpresión,   2011

Browne, Anthony
   Voces en el parque / Anthony, Browne ; trad. de Carmen
Esteva. — México : FCE, 1999
   [32] p. : ilus. ; 30 × 26 cm — (Colec. Los Especiales de A la
Orilla del Viento)
   Título original Voices in the Park
   ISBN 978-968-16-6019-2

   1. Literatura infantil I. Esteva, Carmen, tr. II. Ser. III. t.

LC PZ27   Dewey 808.068 B262v

Distribución mundial

Comentarios y sugerencias: librosparaninos@fondodeculturaeconomica.com
www.fondodeculturaeconomica.com
Tel. (55)5227-4672 Fax (55)5227-4694

Editor: Daniel Goldin
Traducción: Carmen Esteva

Título original: *Voices in the Park*
© 1998, A. E. T. Browne and Partners
Publicado por acuerdo con Transworld Publishers Ltd., Londres
ISBN 0-385-408587

D. R. © 1999, Fondo de Cultura Económica
Carretera Picacho-Ajusco, 227; 14738 México, D. F.
Empresa certificada ISO 9001: 2008

ISBN 978-968-16-6019-2

Esta obra se terminó de imprimir en el mes de marzo de 2011
en Impresora y Encuadernadora Progreso, S. A. de C. V. (IEPSA)
Calzada San Lorenzo 244, 09830 México, D. F.
Tiraje 1 800 ejemplares

Impreso en México • *Printed in Mexico*

Era la hora de llevar a pasear a Victoria,
nuestra perra labrador de pura raza,
y a Carlos nuestro hijo.

Cuando llegamos al parque le
quité a Victoria su correa.
De inmediato apareció un perro
callejero y empezó a molestarla.
Lo ahuyenté, pero ese animal
apestoso la persiguió por todo
el parque.

Le ordené que se alejara, pero no me hizo el
menor caso. "Siéntate", le dije a Carlos. "Aquí".

Estaba pensando qué cenaríamos esa noche
cuando me di cuenta de que Carlos había
desaparecido. "¡Válgame!, ¿a dónde habrá ido?"

¡Últimamente hay unos
tipos espantosos en el parque!
Grité su nombre tanto que
me pareció una eternidad.

Entonces lo vi platicando
con una niña andrajosa. "Carlos
ven acá. ¡Inmediatamente!", dije.
"Y ven aquí, Victoria, por favor."

Regresamos a casa en silencio.

Necesitaba salir de casa, así
que Mancha y yo llevamos
el perro al parque.

Le encanta ir ahí. Me gustaría tener la mitad de la energía que él tiene.

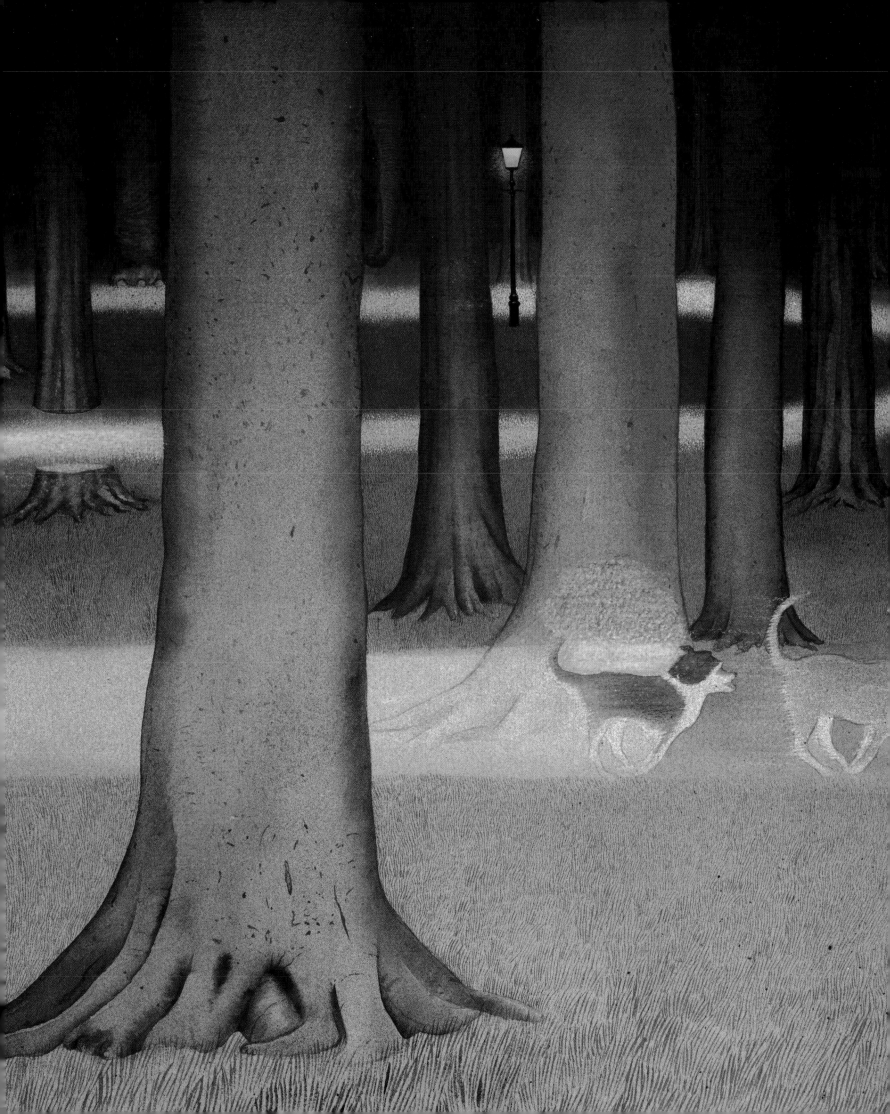

Me acomodé en una banca y revisé el periódico en busca de empleo. Sé que no tiene mucho caso, pero no se puede perder la esperanza. ¿Verdad?

Luego llegó la hora de marcharnos. Mancha me levantó el ánimo. De camino a casa me fue platicando alegremente.

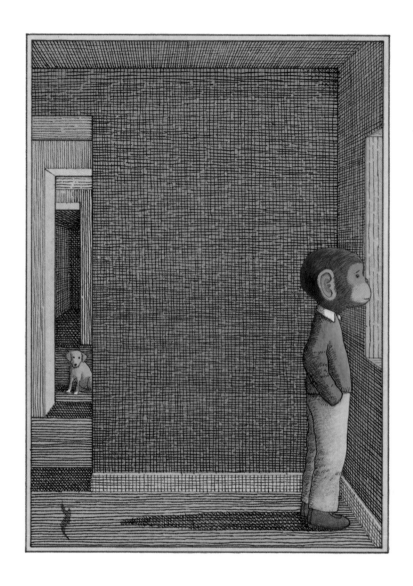

Estaba solo en casa otra vez. Es tan aburrido.
Entonces mamá dijo que era
la hora de nuestro paseo.

En el parque había un perro muy amigable y Victoria la estaba
pasando muy bien. Me hubiera gustado pasarla igual.

"¿Quieres venir a la resbaladilla?",
me preguntó una voz. Era una niña,
desafortunadamente, pero de todos modos fui.
Era buenísima en la resbaladilla.
De verdad se deslizaba rápido.
Estaba asombrado.

Los dos perros correteaban como viejos amigos.

La niña se quitó su abrigo y se
columpió en el pasamanos,
así que yo también hice
lo mismo.

Como yo soy bueno para trepar árboles,
le enseñé a ella cómo hacerlo.
Me dijo que se llamaba Mancha,
un nombre raro, pero ella es muy simpática.
Entonces mamá nos sorprendió platicando
juntos, y tuve que irme a casa.

Ojalá que Mancha esté ahí la próxima vez. ¿Estará?

Papá había estado realmente
harto, y por eso me dio gusto
cuando dijo que podíamos llevar
a Alberto al parque.

A Alberto siempre le urge que le quiten la correa.
Se fue derecho hacia esta perra adorable y le olió
el trasero (siempre hace eso). Por supuesto que
a la perra no le molestó, pero su dueña estaba
enojada de verdad, la muy boba.

Me puse a platicar con este niño.
Al principio pensé que era un poco tímido,
pero me cayó bien. Jugamos en el sube y baja
y casi no habló, pero después fue
un poco más amigable.

Cómo nos reímos juntos
cuando Alberto se metió
a nadar.

Después todos jugamos
en el quiosco y yo me sentí
muy, muy contenta.

Carlos cortó una flor
y me la dio.

Entonces su mamá
lo llamó y tuvo que irse.
Se veía triste.

Cuando llegué a casa puse la flor en agua,
y le preparé a papá una buena taza de té.